KB220761

글을 써야 사는 여자

글을 써야 사는 여자

2025년 4월 5일 제 1판 인쇄 발행

지 은 이 | 임현숙
펴 낸 이 | 박종래
펴 낸 곳 | 도서출판 명성서림

등록번호 | 301-2014-013
주 소 | 04625 서울시 중구 필동로 6(2층·3층)
대표전화 | 02)2277-2800
팩 스 | 02)2277-8945
이 메 일 | msprint8944@naver.com

값 10,000원
ISBN 979-11-94200-84-0

글을 써야 사는 여자

나목 임현숙 첫 시집

도서출판 명성서림

⁑ 저자의 말

〈글을 써야 사는 여자〉를 펴내며

하루를 살아내기 어려운 시절이었습니다.

순항이라 믿었던 배가 좌초되고 일렁이는 파도에 숨을 헐떡이며 구명줄을 기다렸습니다. 파랑에 갇혀 스스로 헤어날 수 없을 때 호흡하는 법을 알려준 것이 글 쓰기였습니다. 들숨의 하루를 글로 날숨 하며 나를 지탱하고 풍랑을 이겨낼 수 있었습니다. 소녀 시절 누구나 가졌을 법한 문학에 대한 아련한 꿈, 릴케와 헤르만 헤세를 동경하며 성숙해 갔는데 생각지도 못했던 시련이 먼 기억 속의 꿈을 다시 움트게 해주었습니다. 이순 너머 다시 만난 글 쓰기는 벗이요 애인이요 생명의 은인입니다.

내 안에 있던 '시'는 늘 신기루처럼 아른거리던 생의 봄날이었습니다. 초록초록 봄날을 누릇누릇 가을 길에 다시 만나 동행합니다. 그러므로 시련도 축복이었음을 감사하며 해넘이 곳에 이를 때까지 서정의 꽃을 피우고 싶습니다.

날숨이 피워낸 소박한 꽃숭어리를 엮어 고난의 시간에 부끄러운 손 덥석 잡아 준 친구들과 글벗 그리고 그 시절을 함께 이겨낸 가족에게 헌정합니다.

미안합니다, 고맙습니다, 사랑합니다.

2025년 봄날에

나목 임현숙

제1부 화룽화룽, 군불을 지피며

제2부 초록초록, 봄날

제3부 하늘하늘, 살아내기

제4부 따끈따끈, 여름날

제5부 누릇누릇, 가을날

제6부 노랑노랑, 익은 그리움

제7부 음표랑 숨표랑, 노래가 된 시

1부

**

화룽화룽, 군불을 지피며

밥솥에 늘어 퍼진 시간

심심한 손가락이
말하는 밥솥에 쌀을 안치다
고여있는 시간의 무게를 가늠해 보네

생의 반세기를 훌쩍 지나
사랑도 미움도 가랑잎 되고 나니
손지갑이 빵빵한 시간 부자
사이버 마을을 기웃거리고
책갈피를 넘겨보고
밤하늘을 첨벙거리며 별을 줍는
짝퉁 글쟁이
고인 물에 이끼 같은 기억의 파편을
오래도록 반추하며
겨울 행 고속도로를 달려가네

수박 같은 여자이고 싶었으나
밤송이였던 여름이 하롱하롱 숨지고
마음밭에 나이테에
따분이 무성히 자라는 이 가을

밥솥 한가득 늘어 퍼진 시간을
굴풋한 하루에 고봉으로 퍼주고 있네

망각의 겨울에 침몰할 때까지 · · ·

– 림(20250202)

세월의 한 갈피를 넘기며

발걸음이 허둥거린다
십이월이다
욕망의 깃털을 다 떨군 나무가
성자의 눈초리로 깃털 무성한 사람을 바라본다

나무처럼 살고 싶었으나 삶의 꼭두각시였던 나
빗장 걸린 일상의 쳇바퀴에 배설물이 그득하다
오래 묵어도 삭지 않는 것들은
왜 고약한 냄새가 나는 걸까
쪼그라진 심장에 더께더께 얼룩진 상흔
인연의 숲에서 긁히고 베인 심장을 치료한 것은
지극히 사소한 것이었다
귓불 적시는 빗방울 소리라던가
한 줄의 시구에서 아롱지던 햇살꽃
그리고
그냥 생각나서 걸었다는 누구의 전화 같은
스쳐 가는 것들이 수호천사였다
고맙구나 내 곁을 스치는 것이여
어쩌면 내일엔
닿지 않는 것을 탐하던 붉은 깃털을 놓을 수 있을 것 같다

갈지자 그리던 신발 콧등 나란히
세월의 한 갈피를 넘기며
뒤안길로 점점이 흩어지는 붉은 깃털들.

– 림(20241203)

새날의 일기

어제는
등 뒤로 저문 것들이 더부룩해
되새김질하곤 했기에
오늘 만나는 새날 앞에
맑은국 한 사발 정화수처럼 내어놓습니다

제야의 종소리 한울림마다 빌고 빌었지만
이루어질 수 없는 숱한 바람들은
그 문장조차 희미해지고
빈손엔 미련만이 돌아앉아 있습니다

생의 여름은 저물어
이별에 익숙해져야 할
가을 빈 벌판에서
허옇게 서리 내린 머리 조아리며
작은 바람 뭉치 하나 가만히 내려놓습니다

새날에는
뒤돌아보지 않게 하소서
마음의 텃밭에 미운 가라지가 싹 트지 않게 하소서

사랑의 씨앗이 무럭무럭 자라게 하소서
제야의 종소리를 한 번 더 들을 수 있다면
그것으로 족하다 미소 짓게 하소서

낡은 나무 계단처럼 삐그덕거리는 사연을
제야의 종소리에 둥 두웅 실어 보내며
첫사랑 같은 새날을
맨발로 마중합니다.

– 림(20240101)

잃어버린 그 겨울

마당 세숫대야에 손이 쩍 달라붙던
그해 겨울 등굣길
코밑엔 고드름이 열리고
교복 치마 아래 종아리가 알알하도록 추웠네

동동 발 구르다 올라탄 만원 버스
팔다리 기울어져도 따스해서 좋았지
붙어선 남학생이 오해할까 봐
얼었던 양 볼
수줍어 수줍어 홍시가 되었네

겨울은 오고 또 또 돌아와
코끝이 찡하건만
그대 뜨거운 손 잡아도
두 볼엔 성에꽃 창백하네
그해 겨울의 수줍은 홍시를
어디쯤에서 잃어버린 걸까

붉어지지 않는
이 참담한 겨울이여.

– 림(20131221)

겨울비, 그 따스함에 대하여

겨울비에 젖어
글썽글썽한 나목을 바라보다
마음 둑 무너지는 소리를 들었습니다
깊이 묻어버린 가을
타오르던 단풍잎 생각나
흔적을 찾아 두리번거려도
주룩주룩 빗줄기만이 출렁이는
저녁 무렵
이글거리던 불꽃 사위었지만
불씨는 살아
다시 타오를 날 기다리겠지요
가로등 불빛 번져가며
야윈 가지엔 하얀 별송이 부스러지고
축축한 내 마음 뒤란
덤불 속에서
초롱불 하나 따사로이 살아 오릅니다.

– 림(20151226)

겨울비여, 나는

겨울비 지칠 줄 모르고 퍼붓고
헐거워진 몸 창가 의자에 붙어
빈 껍데기가 되어간다

멍하니 바라보는 거리엔
힘차게 달리는 자동차들
나도 저런 때가 있었지
허탈한 실소
반쯤 빈 몸을 의자에서 떼어내며
또르륵 즐거운 빗방울에
하소연한다

번개 번쩍인다면
마른 지푸라기 감성에 불붙겠니
벼락이라도 우르릉한다면
무른 연필심 단단해질까

눈 감으면 떠오르던 먼 그리움
말라버린 눈물조차도
새살처럼 돋아나기를

겨울비여

나는

총총히 살아 있고 싶다.

— 림(20220204)

겨울비에 베이다

하늘도 땅도 물바다
댓살 같은 겨울비
어느 휠체어 바퀴에 처덕거리다가
내 무릎에 와 가시로 박힌다

기울은 세월의 미운 짓
가슴 저며오는 한기

언제였던가 겨울비가 마음 데우던 시절
우산 안에서 더 가까워지던 우리
비보라 칠수록 더운 김 오르고
첨벙거리며 달려도 짱짱하던 무르팍이여

그날처럼 우산을 펴 들었지만
빗방울 둥근 칼날 가슴에 붉은 길을 낸다

빗소리는 미안하다 하고
성난 무릎
따스한 기억에 기대어
구들목 찾아 터덜거리는데

건널목이 십 리 길인 듯

푸른 신호 깜박깜박
빗줄기 쫓아오며 신들린 칼춤을 추어대고.

– 림(20241215)

새해를 맞으며

묵은 달력을 내려놓습니다
내 마음처럼 무게가 천근이어요
장마다 빼곡한 사연들을 되새겨보니
복덩어리가 수북합니다
가진 게 없다고 빈손이라고
하늘에 떼쓰던 두 손이 부끄러워집니다

가붓한 새 달력을 그 자리에 둡니다
내 마음도 새 달력 같습니다
오늘
또 오늘 쌓일 복 더미 생각에
손등에 푸른 핏줄이 더 불거집니다.

– 림(20201223)

그런 날에는

개미 발소리가 들리는 날
까똑 소리*가 기다려지는 날
딸의 귀가를 재촉하는 날
잘 정리된 서랍을 다시 뒤적이는 날
그런 날엔 애꿎은 추억을 벌씌운다

까똑까똑* 말 거는 것이 귀찮은 날
말벗이 되어주는 딸아이가 성가신 날
넋 놓고 있고 싶은 날
그런 날엔 내게 타이른다
산다는 건 낡은 추억을 깁는 게 아니라
싱싱한 추억거리를 짓는 거라고.

* 카카오톡 알림 소리

– 림(20210609)

설날 풍경 한 점

그 해 설날 오후
보란 듯이 차린 상을 물리고 나면
진초록 들판에 열두 달이 엎치락뒤치락
다섯 마리 새가 날고 폭탄이 터졌다
사돈간에 화투패 들고 앉아 허허허
남의 설사를 좋다고 긁어가고
피박, 광박 징한 용어들을 뱉어가며 눈치 싸움을 즐겼다

격도 체면도 뱀 허물처럼 벗어버린
사돈끼리의 우애로운 자리였는데
이국땅에서 그들 없는 설날을 만나니
상 차리느라 해쓱하던 시간이 보물처럼 비쳐온다

잔소리쟁이 작은 언니
막내 요리는 눈도 즐겁다던 큰오빠
그림처럼 앉아 받기만 하던 손위 시누이도
기억 속에서 고대로인데
언젠가 다시 만날 명절에는
하나둘 먼 길 떠나
빈자리엔 귀에 익은 목소리만 희미하겠다

명치에 박제된 그날의 군상
돌아가고 싶은 우리 자리.

– 림(20250122)

내 신실한 종

발톱을 깎다가 가뭄 든 밭을 보았다
손바닥보다 더 주름진 발바닥
가장 낮은 곳에 엎드려
어둡고 시리고 끈적한 날들을
무병하게 지나오며
발효된 서사敍事가 발고랑에 꿈틀거린다
딱딱한 바닥과 말랑말랑한 뒤꿈치의
아슬아슬한 첫 입맞춤부터
달과 해의 무게를 버텨내며 다져진 군살이
이따금 티눈으로 샐쭉할 때면 발이 투덜거리곤 했다
잘 나가는 신작로만 맞댄 건 아니었으나
시궁창에 얼굴 비비지 않은 걸 고마워할까
담배 연기 같은 허무를 탐하지 않은 걸 다행이라 여길까
구수한 맛 미끄럼 치는 주방 바닥
흙냄새 정다운 오솔길과의 만남이
소소한 행복이었음을 기억할까
지금도 까슬한 바닥 위에 맨살로 납작 엎드려
명령을 기다리는 내 신실한 종
내일은 태양과의 맞선을 주선해야겠다.

– 림(20250113)

첫눈

첫눈 내린 이른 아침
소복소복 숫눈에
내 것이라고 발 도장 꾸욱 찍습니다

눈보라 펄펄
내게로 와
무조건 내 편이라며
함박꽃 한 아름 안겨줍니다

저 아랫마을 길 하늘로 이어놓고
내 비틀린 발자국 싹싹 지우고
마음밭 메말라 피지 않던 시꽃
구름 빛 하늘에 몽글몽글 피어나며
내 여린 눈동자에
외로운 가슴팍에
하얗게 흐드러집니다

첫사랑 같이 다가와
봄 햇살처럼 피어나는 눈꽃
허물 덮는 내 편 있어
아무것도 부럽지 않은 오늘입니다.

– 림(20250202)

설날 밥상

코리아의 명절 설날
밴쿠버 우리 밥상에 만국기 휘날리며
젓가락이 세계 여행을 한다

차이나에 도착해 차오멘 한 입
오사카로 날아가 튀김 한 점
이탈리아에선 손녀만 피자 한 조각
내 고향 코리아의
갈비찜과 산적
그리고 떡국 한 입
두루두루 다니다 가도
내 젓가락 단골은 김치 맛집

우리 집 밥상은
설날에도 냠냠 세계 일주

떡국 한 사발에
나이 한 살 더 먹던
어머니 밥상 그립다.

—림(20250128)

고물은 살아있다

새 문물 인덕션에 밀려나
선반에서 거미집 짓고 있는
휴대용 가스버너

스무 해 넘도록
새파란 불꽃이 화룽화룽
몸통 녹슬고 스위치 빽빽해도
스위치를 돌릴 때마다
여직
살아있다고 번쩍이는 외눈
부엌을 기웃거리시던
팔순의 시어머니 눈빛

전 생애 다 내어주고
그루터기만 남아
여기서 저기서
차츰 설 자리를 잃어가는
오래 산 것들.

– 림(20250128)

용서라는 말의 온도

당신에게로 가는 길 위에서
나는 불꽃으로 돌진하는 불나방이었습니다

오롯이 한 빛만 향해 파닥였지만
회전 벨트처럼 늘 제자리였던 길
때론 외로웠고
때론 슬픔으로 몸부림치며
스스로 상처 입던 길

사랑은 무지개색이라 말하던
뒷모습을 보았을 때
이글거리던 불꽃에 날개는 얼어버리고
비로소
그 길에서 내릴 수 있었습니다

더는 그립지 않아도 되는 일
더는 아프지 않아도 되는 일
이제 해맑게 웃을 수 있는 일

한 때 사랑이라 이름하던 그 길에
'용서해'라는 팻말을 박아 놓고 돌아오는 사람
그 말의 소름에
뜨거웠던 기억의 고리마저 고드름꽃이 피어납니다.

– 림(20230202)

어떤 회한

도망간 잠을 쫓아가다 지치면
젊은 날 휘두른 칼날의 회한이 삼류 무대의 막을 올린다

'베르디의 나부코'가 흘러나오는 찻집
한 여자가 속눈썹이 긴 남자를 돌아서고 있다
그녀의 부족함이 그의 가난을 받아줄 수 없는 건 아니라는데
해사한 미소에 얹힌 코털 때문이었을까
커피가 식기도 전에 일어서는 모질은 여자
다음날 갱지에 써 보낸 몇 줄의 무덤덤한 문장으로
순정을 베고 만다

그을음을 남기고 꺼져버린 촛불
지워도 지워내도 스미인 칼 빛
오래도록 행복을 빌었던
당돌한 청춘의 흔적

머리에 억새꽃 한창인 이제
그만 잊어도 되지 않겠니

물안개 속에서 먼동이 불새처럼 날아오른다
정갈한 햇살에 머리를 감아야겠다.

– 림(20250115)

2부

**

초록초록, 봄 날

엄마의 빨랫줄

그 시절 엄마는
아침 설거지 마치고
이불 홑청 빨래를 하곤 했다
커다란 솥단지에 폭폭 삶아
돌판 위에 얹어 놓고
탕탕 방망이질을 해댔다
고된 시집살이에
마음의 얼룩 지워지라고
부아난 심정 풀어보려고
눈물 대신 그렇게 두드렸을까
구정물 맑아진 빨래를
마당 이편에서 저편으로
말뚝 박은 빨랫줄에 널어놓으면
철부지는 그 사이로 신나서 나풀댔다
부끄러운 옷까지 대롱대롱 매달린
울 엄마 늘어진 빨랫줄은 마음의 쉼터
옹이 지고 구겨진 마음이
훈풍에 펄럭이고 있었다
엄마가 불쑥 그리운 날
먼저 가신 하늘에 빨랫줄 매어 놓고
엄마의 호박꽃 미소를 널어 본다.

– 림(20090709)

꽃보라 길에서

벚꽃이 지네

머물기보다 지나치는 것이
만남보단 더 화려한 이별이
꽃보라로 흩어지네

내 곁에 머물다
꽃잎으로 지던
그 사람이여

가고 싶어도 못 가는 나라
보내야 했던 슬픈 그림자

그리워 그리워
무덤덤한 눈동자에 꽃비 내리네.

– 림(20160415)

봄비에 젖으면

자박자박 봄비 내리는 길
지난겨울 그림자 해맑게 지우는
빗방울 소리 흥겨워
발걸음도 춤을 추네

반 토막 난 지렁이
재생의 욕망이 몸부림치고
시냇가 버드나무
올올이 연둣빛 리본 달고
나 살아났노라 환호성 하네

늙수그레하던 세상
생명수에 젖어 젖어
기지개 쭈욱 쭉 젊어지는 중이네

나도 초록빛 새순이 될까
살며시 우산을 접어보네.

– 림(20120328)

봄이어요

오늘은 숲을 끼고 뚜벅뚜벅 걸었어요
물소리가 웅성거리는 다리 아래엔
봄이 묵은 때를 밀고 있었어요
찌들은 시름이 졸졸 흘러가고
눌어붙은 게으름이 퉁퉁 불어 떠가네요
개여울이 숲을 안고
신바람이 납니다

싱그런 추임새에
그만 길 가던 이유를 까먹었어요
하염없이 샛강을 내려다보다
암초에 부딪힌 봄바람을 꿀꺽했지요
풍선처럼 부푸는 이 맘을 어찌하나요
이런저런 볼일 많은 날인데
줄 끊긴 풍선 되어 두둥실 하늘을 날아갑니다.

— 림(20130323)

산이 일어선다

산이 일어선다
투명한 봄햇살에 검푸른 수의를 벗고 있다
푸른 피부가 짓이겨지고 불에 타버려도
죽음을 모르는 불사조
세월 무덤에서 삭정이 털어내며
부활하고 있다

골 따라 흐르는 맑은 피
일어서는 풀향기 꽃향기
아랫마을 숙이는
에취 에취
코앓이 중이지만
마음은 바람 타는 청보리밭이다

산마루 보듬고 있던 하늘도
좋아라 금빛 햇살 펌프질하고
볕에 굶주렸던 겨울 사람
금싸라기 분칠하며
부활의 날개 파드닥거린다

산이 일어선다
산 아래
살아있는 것들이
초록초록하다.

– 림(20240401)

봄머리에

잎샘바람 속살에서 봄이 해처럼 솟아오른다
민들레 선한 얼굴로 잔디밭에 발톱을 기르고
겨우내 쓸쓸 주렴 드리운 창가에
정다운 봄별 놀러 오니
태평양 건너 얼굴 얼굴이 꽃숭어리로 핀다

잘 지내니
언제 볼 수 있을까
살다 보면 만나지겠지

꽃송이마다 팽팽한 말풍선 열리고
보고 싶다 보고 싶다
말풍선 하나하나 터트리며 꽃물 들이는 봄머리
발바닥이 짜 르 르 르
나도 꽃이 되려나 보다.

– 림(20240320)

사월

사월은
거리마다 꽃들의 웃음소리
오일장 봄나물처럼
온통 파릇한 설렘
늙은 나무도 푸른 귀 쫑긋거리네

물빛 하늘엔
하얀 구름 수련처럼 피고
내 마음 황무지엔 꽃불 번지네

아, 사월에는
귀 닫고
눈 감고
마음의 고요를 빌고 싶네.

– 림(20160401)

새싹처럼

피검사 받는 날
코비드가 건물 밖으로 내몰아
꽃샘잎샘에 바르르 떨며 한 시간여 벌서는 중

매몰찬 바람에 얼굴을 떨구니
새파랗게 손 내미는 이파리 이파리
분화구 같은 땅거죽에 봄 옷을 입히려는 푸른 물레질

점심 후에 다시 시작한다는 안내에
짜증이 솟구쳐 돌아가려는데
발목을 부여잡는 여리디 여린 손가락

'세상살이가 어렵지?
파릇파릇한 날 보렴
기다림은 가혹했지만, 이렇게 피어나잖니'

아무렴
나는
이름 석 자로 불리어지는 사람이잖아.

– 림(20210304)

봄은

이 동네 저 동네 꽃 잔치
굽은 풀잎 허리 펴고
개울물은 좋아라 웅얼웅얼
먹구름은 하얀 명주 날개 살랑
봄 , 봄, 봄
신나는 봄이란다
딸, 아들, 강아지까지도
싱숭생숭
가정에 봄바람 불어
저녁 식탁 등이 늦게 켜지고
설거지하던 고무장갑
창밖 꽃가지 따라 출렁
흔들리는 봄이란다
진달래 꽃잎처럼 차려입고
머언 너에게 달려가고 싶은.

— 림(20180412)

입춘이라네

저기 배나무 마지막 잎새는
여태 지난여름 빛인데
아이고나
입춘이란다
맹랑한 코비드 해일에도
세월은 씩씩하게 제 할 일하네

나이 탓일까
아니
시절 탓일까
이 적막한 밤 그만 꿈길을 잃었네

어려서처럼
양 한 마리 양 두 마리
천 마리를 세며 이불과 씨름하다
설핏 꿈길에 접어드는데
처지는 눈꺼풀과 어깨를 얄밉게 툭 치는
먼동의 붉은 손바닥

제 아무리 코비드 파고가 높아도
진달래 개나리 산야를 수놓을 텐데
다시 만난 봄날
큰 하품 진군 나팔처럼 불며 일어나야 하겠네
언 땅 열고 피어나는 복수초처럼
몇 겁을 살아도 죽지 않는 세월처럼
도도히

오늘 또 오늘
매일이 입춘이라네.

– 림(20210203)

그리운 어머니

다정한 오월이 오면 어머니 그리워
카네이션보다 진한 눈빛으로
허공 저 너머 둘러봅니다

늘 허약하셨던 어머니
풋풋한 시절 비 내리던 날
교문 앞 친구 어머니 보며 철철 젖어 달려갈 때
아주 작은 부러움이 사춘기에 그늘이었지만

친정 나들이 때마다
고이 접은 쌈짓돈 쥐여주던 그 마음
이제야 알 듯하여 가슴 저린데
설핏 꿈에라도 못 오십니다

사무치게 그리운 어머니
풀잎을 스치는 바람으로 다녀가신다면
흔들리는 풀잎 곁에 가만히 누워보렵니다
엉클어진 머릿결 빗기던 그 손길로
고단한 삶의 여정을 어루만져 주십시오.

– 림(20190501)

봄비 오시네

봄비 오시네

사납게 파고들던 겨울비 저만치
보드라이 흐르는 봄비의 손결
회색빛 마을 화사해지리

다정한 빗살에
파랗게 일어서는 풀 내음
거칠었던 숨 다스리며
나도 한껏 푸르러지리

봄비는
저물녘 마음 강가
도란도란 흐르는
너의 목소리

겨울 그림자 길어진 날엔
새파란 봄비여
어서 오소서.

– 림(20210506)

꽃바람 깃들어

오월은
그 무엇이라도
벚꽃 같은 바람 깃드는 시절

날 찾아온 꽃바람
부끄러이 꿀꺽 삼키면
민들레처럼 번져오는 다정한 얼굴들

꽃이 핀다
사람이 핀다
내 그리운 어머니
목단꽃으로 살아나고
기억의 꽃송이 물오르고
다섯 살 손녀는 즐거운 참새
아련히 밀려오는 푸른 꽃향기에
할미꽃도 살짝궁 고개를 든다

애잔하구나
안아볼 수 없는 것들이여
사랑스러워라
오월의 사람이여

꽃바람 깃들면

하늘 저편도
하늘 이편도
모두가
푸른 꽃숭이다.

– 림(20230501)

푸른 계절엔

산이 푸른 옷 입으면
마을엔 꽃바람 일렁이네

여우들 가슴팍 보일락 말락
늑대들 이사이로
엉큼한 꽃바람 들락날락
칭칭 동이고 장 보러 온 나는
몇 가지 사 들고 줄행랑이네

발코니에 나와 앉으면
개구리 우는 수풀에
고라니 한 쌍 머물다 가고

마을 휘돌아온 꽃바람
내 가슴 흔들다 가네.

– 림(20140507)

3부

⁂

하늘하늘, 살아내기

하루 요리하기

손등에 핏줄 미로가 그려진 여자
배추통만 한 무를 자른다

큰 칼이 무 허리에 박혀 꼼짝을 안 한다
다 써가는 치약을 짜듯 파르르 떠는 입술
산다는 건 내 안의 진액을 쥐어 짜내는 것이라며
칼을 이리저리 달래 본다

미로가 산봉우리처럼 솟아나며
무가 두 동강 난다
산다는 건
한 걸음 한 걸음 산마루를 향해 오르는 것이지
산기슭이나 산허리에서 멈출지라도
걸음마다 온 힘을 다했다면 잘 살고 있는 거야

손등에 히말라야 봉우리가 푸르게 솟은 그 여자
몇 굽이 산비탈에서 하루를 깍둑썰고 있다.

– 림(20231101)

단추를 달며

사위의 양복 단추를 달며
돋보기를 꺼내 쓰니
바늘귀에 실을 꿰어달라면
찌푸리던 미간이 울먹거린다

가신 지 오래
숨결 묻어나는 것 전혀 없어도
불쑥불쑥 빙의하는 시어머니

불혹에 홀로 백일 된 아들 고이며
부엉부엉 지새우는 밤
한숨 타래로 바느질하던 심경
더듬더듬 알아가는 시간

어머니
저는 늘 푸른 소나무일 줄 알았습니다

침침한 안경알 너머로
뭉개진 젊은 날이 스치고
핏대 푸른 손가락
붉은 눈물방울로 추억을 깁는다.

– 림(20141027)

하얀 샌들

나는 그녀의 하얀 샌들
여름이면 엄지발톱을 빨갛게 물들인 그녀와 종종 나들이를 갔다
어느 날엔 맛있는 냄새가 허기를 채우기도 하고
또 어떤 날엔 아줌마들의 찰진 수다가 메탈 음악처럼 귀를 뚫곤 했다
붉은 발톱은 여유로웠고 나는 더위 안에서 추위를 타곤 했다
하얀 살갗이 누레지고 주름지도록
그녀의 작은 발을 사랑하며 또각또각 동행했는데
명랑하던 그녀가 폭폭 울던 그날 이후 신발장 귀퉁이에서
몇 번의 여름을 깜깜하게 보내고 있다
그녀의 슬픈 발에는 키 작은 운동화가 날마다 따라다니고
절인 배추가 되어 돌아온 운동화에선 고달픈 하루 냄새가 배어 나온다
신발장 문이 열릴 때마다 나 여기 있다고 들썩여 봤지만
눈길도 주지 않고 그 납작한 운동화만 데리고 간다
땡고추 같은 쌀쌀함이 측은하기만 하다

오늘은 문이 열리고 꽃 향 그윽하던 그녀 옛 모습이 보인다
푸석한 내 살갗에 박힌 열 캐럿 다이아몬드를 어루만지더니
살포시 안겨 와 두근두근 마시멜로가 된다
그리 크지 않은 내 키에 뒤뚱거리는 발이
하루의 무게만큼 수척해진 듯해
발바닥에서 묻어나는 단내를 지워주고 싶다
잊혀 가던 옛 시간을 떠올리며 신이 나 집을 나선다
운동화 안에서 질려있던 그녀 엄지발톱에 불꽃이 피고
다이아몬드 폭죽 쏘아 올리며 미끄러지듯 길을 간다
나는 그녀와 함께 늙어가는 하얀 세단이다.

– 림(20140725)

오래되면

늙수그레한 용달차
팔팔해 보여도 매일 점검을 해야 해

더 오래된 차는 아직 젊어 좋겠다고 말하지
그래 서른 살 된 차가 보기엔
스무 살은 청년이지
스무 살의 절반은
짐이 깨끗하고 단출해서 날아다녔지

단 한 번의 추돌 사고 후
내 등에 실린 건 쇠붙이였다네
발이 땅에 붙게 버거워 헉헉거리다가도
이 짐이
누군가의 밥이 되고 날개가 된다는 것이
새 원동력이 되었어
언덕을 오를 때면 거북이가 되지만
조금 느리면 어때
심장이 멈출 때까지 달려갈 테야

낡고 긴 터널을 지나며
빛을 향해 뛰어가고 싶은
그 여자
아침마다 오래된 혈관에 윤활유를 붓는다.

– 림(20220215)

어둠의 스토킹

불면의 밤 위로 짙은 어둠이 내린다
잠들지 못한 채 어둠을 응시하는 오감
어둠은 새까만 망토를 두르고 큰 입으로
잠들지 못하는 한 영혼을 데려가려 한다
피하면 피할수록 집요하게 따라오는 검은 입술
물러가기를 애원하지만
쉽게 포기하지 않는 어둠의 스토킹
불을 켜자 창문 밖으로 몸을 숨기는 어둠을
가자미 눈초리로 노려보다
불 끄고 눈감기를 열 번을 더해보아도
더 놀자 더 놀자
지치지 않는 뇌세포들
어둠의 칙칙한 입맞춤을 거부하지 못해
알약 하나를 삼키고 눈을 감으면
깊이 모를 어둠의 목구멍으로 빨려 들어간다
숨소리는 쇳소리를 내고
발끝까지 어둠 보에 싸여 시체가 되어간다
컹컹 옆집 개 짖는 소리
변기 물 내리는 소리
기상 알람 소리
아침이 오는데 ….

– 림(20240202)

벗어나기

내 머릿속 사고의 골목에
해결사 거미가 산다
얼기설기 둘러친 그물에
생각의 고리들이 포도알처럼 맺혀있다
거미는 포식하고 배불뚝이가 되어
골목 입구를 막고 잠들어 버렸다

더는 풀지 못하는 방정식이 되어가는
문제 문제들
자유가 아니면 죽음을 달라는 투사처럼
제발 풀어 달라고 아니 먹어달라고 흔들어 깨워도
탱탱볼 같은 배만 쓰다듬는다

풀이 기한이 지나버려 스스로 풀 수 없는 미적분
아득한 밤 미로를 헤맨다
찐득한 코피가 흐른다
거미줄이 끊어져 흘러나오는 강박의 잔해들

파랑새를 풀어놓아야겠다.

– 림(20230514)

안개 도로

온종일 안개가 마을을 먹고 있다
시골집 굴뚝에서 웅성웅성 피어오르던 연기처럼
꾸역꾸역 달려와 지붕을 삼키고 키 큰 나무를 베어 먹더니
지나는 차까지 꿀꺽한다
잿빛 도로가 덜거덕거리며 어깨를 비튼다
문득 사람으로 태어나서 다행이라는 생각이 든다
등에 업은 삶의 무게가 저 길만 할까 싶다
달리는 쇳덩어리에 고스란히 밟히다가
달빛이 교교한 새벽녘에서야 숨을 돌린다
신과의 싸움에서 진 아틀라스가 하늘을 떠받치고 있다는 것처럼
거북등 같은 저 길도 돌아눕지 못하는 모진 형벌을 받았는지도 모른다
이윽고 날이 저물어 수은등 빛 안개가 아픈 등을 핥으면
워어워엉 슬픈 울림이 안갯속을 걸어 다닌다
길은 붉은 눈물을 떨구고
바라보는 내 등에 날개가 돋는다.

– 림(20140117)

꼬들꼬들해지기

산다는 건 세상과의 혈투이지
상처가 너무 아플 땐
어두운 골방에 숨어
피고름 흐를 때까지 눈물만 흘렸어
세상과 나 사이에 벽 하나 더 만들고
딱지가 앉아서야 골방을 나섰었네

벽이 늘어갈수록 상처는 아물지 않아
짓무른 악취에 기절하고서야
숨어 울면 세상에 진다는 걸 알았어
그날부터 단단해진 벽을 부수었지
골방에 햇살 들고 명랑한 바람 불어오니
딱지가 꼬들꼬들해지잖아

새살 돋는 간지러움
바로 사는 맛이지.

– 림(20160614)

시클라멘 화분과 나

창가에 놓인 시클라멘 화분
봄볕 소나기에 목이 말랐는지
하얀 꽃 이파리 가로누웠네요
시원하게 물 샤워를 시키니
흰 꽃나비 날아갈 듯 날개를 펼쳐요
시들어가며 얼마나 애타게 나를 바라보았을까요

주인님, 타들어 가는 제 모습이 안 보이시나요

나도 하늘이 기르는 무명초여요
한 때 갈망에 몸부림쳐도 응답이 없을 적
가만히 바라만 보는 줄 알았었지요
가까스로 물을 찾아 일어서며 깨달았어요

숨 넘어가는 고비에서도
나의 주인은 바로 해갈해 주지 않고
스스로 우물을 찾도록 지혜롭게 하셨어요

시클라멘과 달리
나는
내 주인의 형상으로 지어졌잖아요.

– 림(20210401)

바다장(葬礼)을 바라보며

영종대교가 저만치 바라보이는 바다
여기라고 손 흔드는 부표
파랑 이는 그곳에 이별이 흐른다

언젠간 가야하는 저승길
물속에서 태어나
다시 물로 돌아가는 바다장
꾹꾹 눌러 우는 울음이 부표를 맴돌고
망자는 점점이
흐르다 흐르다 파도가 된다

'죽어 누울 방 한 칸을 마련하고 돌아서며
세상을 더 사랑하게 될까 봐 울었다'는
어느 노시인이 떠올라
내 오랜 바람을 일서둘러 저 바다에 묻는다

꽃송이 송이 부표 옆을 흐르며
누군가의 이름을 부른다
흔들리는 부표.

– 림(20240426)

라스 베이거스

밤 비행기에서 내려다보는 라스 베이거스는
금별무리 반짝이는 은하수
그 물결에 부유하러 온 나는 무료한 집고양이

저마다 빛나는 호텔에 들어서면
도박장이 눈을 맞추고
홀린 사람들 곁 지나며
대박 한번 당겨보고 싶어 꼬리가 근질거린다

따가운 햇볕이 호령하는 거리를
개미 떼처럼 밀려가는 사람들
소박한 눈이 호강하는 명품전
내 이름표 달고 싶은 빌딩이 춤추는 거리에
차마 슬픔은 얼굴을 내밀지 못한다

키만 큰 팜 트리가
제 손바닥만 한 그늘을 내어주는 거리를
숨차게 기웃거리다

꼬리 축 처져 호텔 방에 들어서면
묵직한 고요가 안아주는
쓸쓸하지 않은 곳

늙은 집고양이
집 밖에서 지낸 며칠
달러로 작은 행복을 살 수 있었다.

– 림(20190528)

여섯 개의 눈

다초점 안경
여섯 개의 눈으로
위로는 멀리 아래론 가까이
숨기고 싶은 주름살 잡티
어제보다 선명하다

뭉뚱그려 보이던 깨알 설명서도
가갸 거겨 확실히
책 속에서 '너'라고 읽은 글자는 '나'
'네 탓'이라고 보던 글자는 '내 탓'
눈이 밝아 마음도 맑다

한결 맑아지려 유리 눈을 닦으면
앙큼한 발상이 은근슬쩍
철옹성 네 심상을 들여다보려
눈동자 너머로 까치발 한다.

– 림(20210526)

헛꿈

치과 진료대에서
입술 너머 부끄러움이 낱낱이 드러난다
찢고 부수며 음미하던 욕망의 맷돌
상앗빛 청춘은 아스러지고
하얀 박꽃 미소도 침침해진 걸
엑스레이가 속속 파헤치고 있다
치아도 피부처럼 세월 따라 늙는다며
보수 공사를 요구한다
우두둑 씹으면 와르르할
예상 명세서가 채권자 눈빛 같아
Lotto가 아른거린다
비나이다
비나이다
어떤 기도발도 꽝일듯한
시한부 행운권
난생처음 헛꿈을 샀다.

– 림(20190403)

아픔보다 더한 아픔

목에 쇠침이 박혔다
설마 했던
그놈이 내게도 들어왔다

대문에 빗장 건
이레간의 보이지 않는 전쟁

마른 갈대 입술을 열면 작렬하는 쇳소리
한솥밥 식구들은 겉보기엔 나이롱환자
망할 균이 흥해서 우쭐대는 중이지만
1차 2차 3차 저항군이
절대 백기는 들지 않을 것
분연히 항거하는 더운 숨소리

아프다

너와 내가
곁눈으로 눈치 보며
저 건너에서 바라만 봐야 하는 것이.

– 림(20220116)

칼꽃의 바람

전화기 너머에서
칼과 칼이 부딪치고
핏빛 칼꽃이 만발해요

동물의 말소리처럼
음성도 억양과 색깔이 다 다르죠
싫은 소리도 상냥하면 달콤하게 들리고
예사말도 거칠면 욱하게 해요

꽃잎에 베인 가슴에
핏방울이 맺히고
팡
터질 때마다 성품이 드러나지요

카나리아처럼 말하고 싶은데
입술이 길길이 칼꽃을 피우니
귀를 봉해야 할까
입술을 잠가야 할까요.

– 림(20220817)

한여름 밤

무더워 뒤척이는 밤
한동안 멀리했던
그녀를 만나고 싶다

입만 열면
등줄기 오싹하도록
독설을 퍼부어
한여름 최고 인기 스타

밥값이 많이 나와
앙상한 지갑이
투덜거리기도 하지만

쌀쌀맞아 끌리는
그녀
에어컨.

– 림(20140806)

내 유년의 골목길

내 유년의 골목길은 놀이터

술래잡기 고무줄놀이 까르르 깔깔

옷은 꼬질꼬질해도 마음은 아라비아 부자였다

어린 발자국 집으로 돌아가면 구뜰한 냄새 가장을 반기고

뿌연 외등 깜박이며 연인들 입맞춤 눈 감아 주기도 했다

밤 깊어 출출할 무렵 부르잖아도 찾아오는 야식 배달

메~밀~~묵 찹~쌀~~떡~~~

좁은 골목길은 고릿하지만 정겹고 은근한 멋이 있었다

세월이 무심히 흘러 찾아간 그 골목엔

유년의 웃음소리 대신 자동차가 거드름 피우고 있고

하늘로 향하는 욕망이 빚은 건물 창마다 옛 시절 흐논다

허우룩해 멈춰 선 귓가에 메아리치는 풀잎피리 소리

포장도로 저만치서 어린 발소리 달려온다.

– 림(20190826)

이민가방

동대문 시장 출신 이민가방 비행기 타러 간다
배가 빵빵한 것이 줄행랑치는 펭귄 뒷모습이다
병 안에 모래 담듯 빈틈없이 채워져
금방이라도 게울 것 같다
여자의 어깨에서 가벼이 꼬리치던 핸드백이
머리에 턱 걸터앉는다
'루이 xx' 이름표가 큰 바위처럼 무겁다
몸값이 양반과 노비의 차이여서 초라해지지만
이민가방은 날씬한 핸드백이 부럽지 않다
지난날의 기억과 손때 묻은 것들
다시 살 수 없는 보물을 삼킨 불룩한 배가 으쓱하다
낯선 땅에 도착해 간 쓸개까지 다 비우고 나면
컴컴한 창고에 쭈그러져 출옥을 기다리는 죄수 신세이겠지만
오늘만큼은 승전고를 울리는 장수처럼 당당하다
'핸드백, 난 너의 모든 걸 담을 수 있지만 넌 나를 품을 수 없지'
시장표 이민가방 양반걸음으로 공항을 누빈다.

– 림(20230830)

부앙부앙 울었다

부앙 울리는 저음의 색소폰 소리
칠순의 멋쟁이 오빠는
황혼의 회한을 불어대고 있었다
힘겨운 날숨은 지난날의 보람이요
꺼지지 않은 불꽃의 여생인 것을
아우들이 알아주길 바랐을까
삐걱대는 음에 키득거리던 못난 아우들을
발그레 웃으며 바라보던
큰 오라버니는
다시 들을 수 없는 울림을 남기고
먼 길 떠나셨다
내 어릴 적에 예쁜 막내라고
친구 모임에 손잡고 다니셨는데
마지막 가시는 길을 배웅도 못 해
부앙부앙 울었다.

– 림(20111128)

4부

**

따끈따끈, 여름 날

주름살

말갛게 세안하고 거울 앞에 앉습니다
이맛살 모래톱에 세월이 파랑입니다
잔물결 파고마다 들고 나던 이야기
삶의 벼랑에서 눈물짓던 날의 기도
눅눅한 하늘에 돋아나던 별과의 대화며
미움과 용서로 문드러지던 순간들이
살모사처럼 빳빳이 고개 듭니다
남루하나 진솔했던 생의 일기장을
꼼꼼히 손가락 다림질하는데
잘라내고 싶은 가시들이 헛기침합니다
삶을 한 번만 연습할 수 있다면
가시 없는 파랑으로 너울거릴까요
오늘도 모래톱에 파랑은 출렁이고
덜 여문 하루가 비릿한 냄새를 풍깁니다
부디 부끄러운 이름은 새기지 말자고
앞서가는 머리에 당부합니다.

– 림(20240817)

첫_이란

첫_사랑
첫_눈
첫_손주
첫_만남
첫_이별

첫_
그것은
햇귀 같은 숫느낌
꽃등 설렘
떨림이요
아련함이다

눈 감는 날까지 흐노는
붉은 문장이다.

– 림(20240702)

그래요

저 위에서 나를 이 땅에 보내실 때
그분만이 아는 예치금이 담긴 통장을
목숨에 붙여 주셨어요
찾기 싫어도 날마다 줄어드는데
건강이라는 이자가 붙어 조금 불어나긴 해요

건강하게 살려면 이렇게 하라 이걸 먹어라
눈으로 귀로 많은 정보를 접하면서도
맘 내키는 대로 살아왔지요

나무 한 그루도 잘 돌보지 않으면
푸른 이파리 벌레 먹고 갈변하듯이
먹물 같던 머리 하얀 서리꽃 밭인 지금
제멋대로 살아온 대가를 치르는 중이에요
소화제 한 번 안 드시던 시어머니
팔십 오수를 누리다 하늘로 가셨는데
내 통장 잔고는 얼마나 될까요

여름을 지나며 옷 서랍을 정리하는데
입지 않고 그냥 낡고 있는 옷들 위로

올해 산 옷들이 거드름 피우고 있어요
섬광처럼 꾸짖는 소리 들려요

'살아온 세월보다 남은 시간이 더 짧단다.'

그래요
허리 꺾인 세월을 미끄러지며
욕심을 내려놓아야겠어요
느닷없이
잔고가 영이 된다고 해도
가뿐히 날아갈 수 있게요
그런데요
잔액을 알면 더 열심히 살지 않을까요

하나님
아주 잠깐만 통장 잔액을 보여주실 수 있을까요.

– 림(20220920)

가을 항港의 여름은

풍요로운 햇살 덕에
하늘빛도
채마밭도
새파랗고
고향을 떠나 뿌리내린 나도
허릿살이 풍성해진다

생의 늦여름에 만났던
낯선 땅 밴쿠버
땡볕에도
나무 그늘엔 만년설 바람 보송한
소소한 풍경마저 그림엽서가 되는
시퍼런 여름빛에 홀렸다

작은 포구에 영근 여름은
바라만 보아도 설레었는데
돛단배 타고 하늘을 날던
그 두근거림은 어디로 갔을까

누릇한 생의 가을 항(港)에서

그리울 일도

기다릴 이도

막배에 태워 보내놓고선

꽃이라 불리던 여름날 애련해

뱃고동 소리 기다려진다

활짝 핀 여름 안에서

그 설렘으로 가는 배표를 예매 중이다.

– 림(20230626)

밴쿠버의 여름 텃밭은

친구네 여름 텃밭에 초록 물이 여물었다

은근한 볕이 빚은 햇술 풋내 마을을 서성거리고
솜털 가시 옷 입은 호박잎 울타리는
푸성귀 밭의 파수꾼

오가는 눈길 머무는 한낮 정경이 푸짐하다

볕에 그슬린 곱슬이 상추
햇술에 만취해 벌러덩 누운 부추
큼직한 슈룹 들고 선 머윗대
그물처럼 엉긴 참나물 수풀엔
바람이 걸려 웅웅거리는
친구네 풀잎 밥상

외갓집 평상에서 고추 상추쌈 싸 먹던
푸름의 여름
찰옥수수 냄새 군침 삼키던
그날 눈앞에 있다

친구네 여름 텃밭은
알싸한 입맛이 농익어 가고
두고 온 것들을 불러내는
구수한 외할머니 밥상

물밀듯 차오르는
풀빛 고향이다.

– 림(20240707)

비구름의 바람

어제 물을 너무 마셨나 봐
내 몸이 하늘만큼 불어났네
회칠한 천장 같아

파란 얼굴 다 가렸다고 하늘이 울어
이리저리 끌고 다니던 바람도
내 발아래서 빙빙 도네

눈물 젖은 꽃 이파리
노려보는 그믐달 눈초리로
내 몸을 찔러 줄래
풍선 로켓 되어 날아갈게

하늘 눈물 그치고
파랑 햇살 폭포처럼 쏟아지면
난 몽글몽글 양 떼 옷 입고
하늘 목장에서 뛰어놀 거야.

– 림(20240705)

무궁화꽃이 피었습니다

‘무궁화꽃이 피었습니다’
어린 날
골목길이 미어지라 몰려다니며
전봇대에 술래 세워
소리 높이 외쳐 하던 놀이

술래 몰래 다가가기
굼벵이라서 잘 들켰지

어른이 되어선
세월과 둘이 놀이하며 늘 들킨다
내일은 이기리라 다짐해도
내일은 언제나 내일일 뿐

오랫동안 술래인 세월은
조롱하듯 히죽거리지만
이번엔 어림없다

‘무궁화꽃이 피었습니다’
오늘은 꼭꼭
내가 이긴다.

– 림(20240704)

창의 크기만 한 세상

매일 내다보는 창밖 풍경은
네모난 틀 안에 갇혀있어
좁은 공간 안에 높낮이가 있고
드넓은 하늘도 창틀만 하다

구름을 몰고 가던 바람
벽 속으로 꼬리를 감추고
달려오던 차들도 벽이 꿀꺽했다

지나쳐간 풍경을 뒤쫓아
눈을 돌려 보지만
그림 한 점만이 동그마니 걸려있을 뿐

내일은
사면에 커다란 창을 내야겠다.

– 림(20120502)

고수머리의 설움

그녀 머리카락은 반곱슬에다 울창한 솔숲이었다
멋 내기를 알던 날부터
얼굴보다 머리 매만지기에 공들였는데
세월이 허리 굽고 나서
솔숲에 바람길 나고 빗질 한 번이면 다소곳하다
그녀 딸이 그녀를 똑 닮아
속절없는 유전자 타령에 입이 툴툴댄다
'나도 긴 머리 찰랑찰랑하고 싶어요'
미안한 마음을 매직 파마로 달래주기도 하지만
얼마 안 가 다시 돌아오니
날마다 전기 고문 비명 윙윙거리고
화상 입은 곱슬은 더욱 까칠해진다
세월을 따라가다 보면 고분고분해지련만
꽃나이에 멋 내고 싶은 설움이
머릿결 따라 구불구불 흐른다
그녀는 딸의 솔숲을 쓰다듬으며 웅얼거린다

알라딘 램프의 지니를 불러내고 있다.

– 림(20240716)

갈증

땡볕이 마그마처럼 흘러내려
아름드리 산이 불산이다
불길은 마을을 삼키고 깊은 상처를 남긴다
천재여도 인재여도 가문 여름 탓이다

강물도 흐름이 굼뜬 나날
에어컨 바람 속에서
한여름을 보내는 시심도
달구비를 기다린다

후두두둑
반가운 빗방울 후둑이는 아침
노랗게 시름하던 풀잎 생글거리고
저 앞 강물도 거푸거푸 빗물을 받아먹는다

여름을 식히는 말발굽 빗살에
목타던 푸른 것 게걸스러운데

꽃 지고 그루터기만 남은
고목의 시심은
불붙지도 젖지도 않는 모래사막

한 사흘 밤낮 들이키면 젖어 들까
달아나려는 달구비의
굵은 종아리를 부여안는다.

– 림(20240729)

모란

내 마음속 스란치마
어찌 알고 자락 자락
펴놓았을까

열 길 내 속엔
스란치마 끌며 몸종 거느리는
공주가 숨어 살지

스란치마 폭에서 졸고 있는
저 반반한 햇살 좀 봐

시샘하듯 달려오는
바람의 버선 콧날
치맛자락 들치고 냉큼 달아나네

공주의 숨비소리
개미 병정들 바람을 쫓고
졸던 햇살 날아가며
여울지는 초록 윤슬

동화가 살아나는 뜨락에

황실의 유월이

조곤조곤 피고 있네.

– 림(20240531)

골목길 가로등

모두가 퇴근하는 시각 출근한다

모자를 푹 눌러쓰고 늘 같은 자리에 서서

침침한 눈으로 어둠을 밝히며

습관처럼 발소리를 매만진다

취업에 고민하는 젊은이의 처진 어깨

긴 그림자로 끌어안고

곤드레만드레 아저씨 걱정스레 쏘아보며

고물 줍는 할머니 굽은 등이 밤하늘보다 더 무거워

빈 수레바퀴를 굴리는 눈길

딸아이가 돌아올 무렵이면 두 눈 부릅뜨고

더욱 열심히 안경알을 닦는다

허름한 하루하루 말없이 다독이다 보면

이따금 슬퍼져 눈을 껌뻑인다

그들이 곤히 잠든 후에도

골목을 지키는

아버지의 자상한 눈빛이다.

– 림(20170812)

5부

**

누릇누릇, 가을 날

쓸쓸

푸르름이 바래질 무렵이면
무 이파리 여름의 기억을 질끈 동여맨 채
시골집 처마 밑에서 늙어 갔다

뒷산에 단풍 가랑잎 지고 찬비 내리면
허리 굽은 큰 형님
시래기를 삶아 국을 끓였다

코를 긁는 구수한 냄새에
눈치 없는 뒷집 영자 엄니
초저녁별 앞세워 마실 왔다지

가을은 태평양을 건너와
텅 빈 들녘 같은 쓸쓸을 질펀하게 풀어 놓고
시린 속 달래려
고향의 맛 시래깃국 끓이는데

푸름이 하루를 달구던 내 여름날이 우러나며
쓸쓸에 쓸쓸을 더하고
행여나
눈치 없는 누군가 기다려진다

초저녁별빛도 쓸쓸이다.

– 림(20240902)

가을날

하늘빛 깊어져
가로수 이파리 물들어가면
심연에 묻힌 것들이
명치끝에서 치오른다
단풍빛 눈빛이며
뒤돌아 선 가랑잎 사람
말씨 곱던 그녀랑
두레박으로 퍼올리고 싶다
다시 만난다면
봄날처럼 웃을 수 있을까
가을은 촉수를 흔들며 사냥감을 찾고
나무 빛깔에 스며들며
덜컥 가을의 포로가 되고 만다
냄비에선 김치찌개가 보글거리고
달님도 창문 안을 기웃거리는데.

– 림(20230930)

알 수 없음

카카오톡 창에서 사라지는 낯익은 이름들
요단강을 건넌 이름도 차마 지우지 못해
생각나면 열어 보곤 하는데
어디로 갔을까
'알 수 없음'으로 뜨는
그리운 이름들
전화기가 바뀌어서
인연이 다해서
사라졌다면
그뿐
세상에서 호흡이 멈춘
그 이름이
아픔일 뿐이다.

– 림(20240819)

바람꽃

바람 부는 날

갈참나무 이파리들이

차르르 뒤집어진다

살랑이는 바람결에

하얗게 피어나는 꽃숭어리

바람은 꽃을 피우고 저만치 달아난다

바람 불던 거리에서

흔들리던

그 여자 머리에도

세월을 거푸 돌아온 바람

억새꽃다발 흩날리고 있다.

– 림(20240919)

이 가을엔

햇살 쫓던 가로수
노랑 물들며
가을이 왔네

살랑바람
열렬했던 여름의 땀방울을 쓰다듬고
벼 이삭도 고마워 머리 숙이네

노숙하던 허기진 참새
허수아비 앞에서도 실컷 배부르며
빠알간 사과 속 애벌레
몽실몽실해지겠지

가을엔
이 가을엔
일개미도
한 상 차려진 풍경 앞에서
졸라맨 허리띠를 풀고 싶다네.

– 림(20130916)

아침을 향유하다

도시락을 준비해 보내고
고구마 한 개와 사과 몇 조각에
마악 내린 커피 한 잔의 아침을 만난다
방해꾼도 급한 일도 없는
오붓한 내 시간이다
쌉싸름한 맛이
누군가에겐 독이 되고
누군가에겐 하루의 보약
싸늘해진 마지막 한 모금에
설핏 그날의 아침이 얼비친다
커피를 호호 불어 마셔야 하던 그 아침
서둘러 나서야 했던 하룻길이
살아내기 위한 몸부림이라서
아침을 음미하는 호강이 멀기만 했다
커피를 호호 불며 마시는 건
빈 들을 지나는 바람 소리 같은 일
발바닥 지문이 닳도록 겅중거리며
손가락 끝에 가시가 돋아나던

그날들이 목구멍에 걸린다

구슬픈 커피

오늘에 이르는 마중물이었으리

뜨거운 커피와의 느긋한 입맞춤

여왕의 아침이 부럽지 않은

노을길의 푸른 신호등이다.

– 림(20240912)

꿈의 계절

가을을 만나러 온 숲
빈 벤치에 앉으면
누군가 먼저 와 서성인 흔적
마음 둘 자리 찾아
머언 하늘바라기 하다
고독이라는 낙엽이 되었을까
바람 소리 들리지 않아도
가을은
한 잎
두 잎
단풍 빛 시어
나풀나풀 시를 짓고
꿈결처럼 곁에 와 앉는
임 그림자
가을 숲은
뒤안길을 더듬거려보는
추억의 사진관.

– 림(20131022)

가을을 걷다

붉어진 가을을 걷는다
뚜두둑
내 몸 가지들의 이유 있는 저항
한들한들 코스모스라고 우겨왔는데
갈잎을 빼닮아 간다
푸르게 져버린 벗처럼
언젠간 맞이할 석별의 순간
늘 붙어 다니는 이승과 저승의 경계선을 걷는다
내 사랑하는 이들이 앞서 건너간
그 '망각의 강' 저편에도
가을이 찾아갈까
보내지 않아도 세월이 가고
기다리지 않아도 계절은 다시 만나건만
강 건너편 사람은 소식도 모르는구나
낙엽 밟는 소리 낭만인 건 옛이야기
바사삭
세월 바서지는 소리 듣는다
설익은 단풍잎
훠월헐
'망각의 강'을 건너가고.

– 림(20241002)

민둥산의 기억

잿빛 기억 너머
물지게를 지고 가파른 길을 오르는
엄마의 뒷모습이 보인다
내 나이 예닐곱이었을까
엄마의 물통을 잡고 바동거리며 쫓아가면
몇 발짝 못 가서
엄마의 허리가 기역 자로 휘어졌다
힘겹게 다다른 단칸방 부뚜막에는
누런 양회 봉지 쌀이 놓여있었고
먹고 싶은 것이 많았던 철부지는
매일 엄마의 속을 파먹는 독거미였다
어느 날은 불긋불긋 두드러기 때문에
뜨거운 부뚜막에 발가벗은 채 서 있었다
엄마의 심장은 불타는 소금밭이었다
영문 모르고 울고 있는 내 몸에
엄마는 조기를 절이듯 소금을 뿌려댔고
눈에서는 굵은소금 알이 쏟아졌다
민간요법인지 무지인지
아니면 가난인지

그때는 어려 알지 못했다
시골에서 상경한
내 유년의 꿈이
산동네에서 울먹이며 커가고 있었다
산동네 사람은
너도나도
별을 잉태한 민둥산이었다.

– 림(20120613)

시월의 밤

푸르던 이파리
피에로가 되는
시월의 밤
붉은 조각달이 내려다본다

별빛보다
은근히
앞서가며 동행하더니

가을이라는 독주에
달빛이 취했다
하늘이 붉다

가로수 화르렁 거리는
시월의 깊은 밤
불면의 창을 기웃대는
저 농익은 달빛

쭈그러지던 하루가
어깻죽지를 편다
살아야겠다.

– 림(20241007)

가을 기도

수수하던 이파리
저마다
진한 화장을 하는 이 계절에
나도 한 잎 단풍이 되고 싶다
앙가슴 묵은 체증
삐뚤거리던 발자국
세 치 혀의 오만한 수다
질기고 구린 것들을
붉게 타는 단풍 숲에 태우고 싶다
찬란한 옷을 훌훌 벗고
겸손해진 겨울 숲처럼
고요히
고요히
입은 재갈을 물고
토하는 목소리에 귀담아
오롯이 겸허해지고 싶다
나를 온전히 내려놓아
부름에 선뜻 대답할 수 있기를
겨울이 묵묵히 봄을 준비해
봄이 싱그럽게 재잘거리는 것처럼
나도 무언가의 밑거름이 될 수 있기를.

– 림(20211022)

가을 나무

머얼리
노을이 손짓하는 언덕에
빈손으로 선 나는
가을 나무입니다
갈 볕이 붉은 물 들인 자리
샘 많은 바람이 쓸어내면
데구루루
내 이름표 붙은 이파리들이
저 시공으로 사라집니다
하나
둘
이 세상 소유문서에서
내 이름이 지워집니다
노을빛이 익어갈수록
움켜쥐었던 두 주먹
손바닥을 보이며
삶의 굴레에서 해방됩니다.

– 림(20151105)

함지박이 좋다

투박한 함지박은
좁쌀만 한 것
모난 것
너부데데한 것
길쭉한 것
불평 없이
넙죽넙죽 받아먹는다

오이는 여드름이 많아 싫고
호박은 쉬 물러터져 안되고
이래서 저래서
툴툴 골라내고 투정해 봤자
길어야 백 년 남짓한 세상살이

벗이여
함지박처럼
너그러이
오늘을 보듬고 살자.

– 림(20130716)

사랑에 살다 보면

사랑 부싯돌에 녹아내린 몽당양초
시간이 흐르며
심지도 타들어 갈 거란 걸
모르지 않았다

어려선 엄마만 졸졸거리는 병아리였고
친구가 좋아지며
꿈을 심어 준 엄마는 등 뒤로 밀려났다
당신이라는 은하에 둥지를 틀고
아기별들과 천국과 지옥을 오가다 보니
지천명이 훌쩍 지나고
풋풋하던 꿈이 소멸하고 있었다

멈칫
생의 가을길에서
오래전 촛농이 되어버린 꿈의 기억
살아나며 울먹이는데
어린 손녀 날 부르며 달려온다

사랑 · · ·
알면서도
텀벙거리는
마그마 늪이었다.

– 림(20241020)

내 가을의 주인

마른 잎의 춤사위가
사그라지는 불씨를 풀무질하는
늦가을

가을 올가미에 걸려
바둥거릴수록
울대가 부어오르는데

왜
단풍은 서럽게 붉은 건지
마음 골에 맺히던 핏빛 꽃망울

무엇일까
이 향기로운 몸부림은

낙엽 무덤 위에
툭툭
떨어지는 꽃숭어리

화석이 된 그리움
내 가을의 주인이었네.

– 림(20241104)

까치밥

떫은 사랑의 외줄 타기에
속살을 삭이던 날들

가슴에 흐르는 붉은 강
밤이면 끓어올라
새벽이면 수정 방울
뚝뚝

차마
떠나 보내지 못해
가지 끝에서 울고 있는
저
가을.

– 림(20111106)

마지막 이파리 지다

창밖 미루나무
마지막 이파리 뚝 지던 날
비가 내렸다
나무는
이별이 서러워 주룩주룩 울었다
붉디붉게 익고 나면
이글거리던 불꽃 사그라지듯
지고 만다는 걸 미처 알지 못했다
떨어진 자리 상처 아물고
새봄이 온들
다시는 움트지 않을
사랑이 지나간 자리
빗방울이 모질게 파고들었다
오직 한 잎
바람 되던 날
나무는
오래도록 비에 젖었다.

– 림(20141020)

뒷모습에는

수평선 너머가 그리운 이는
뒷모습이 쓸쓸하다
푸른 정맥이 불끈하도록 손잡았던 것들을
날마다 되새김질하는 사람이다

뒷모습이 젖어있는 사람은
별이 된 어머니 곁에
총총
그리운 얼굴들 바라보며
옛일이 사무치는 사람이다

서글픈 뒷모습은
첫눈처럼 설레는 그리움이
닿을 수 없는 저편의
무지개라는 걸 아는 사람이다

겨울 햇살처럼 웃고 있는
너의 뒷모습에 어린 것은
심연의 그림자였다.

– 림(20150809)

모닥불

모닥불 피워놓고
할 말을 아끼며
도란도란
별을 헤아리던
젊은 날
타오르는 불꽃처럼
우리 가슴도 뜨거웠는데

세월이 가고
사랑도 지고
모두가 떠나버린
빈 가슴마저
훨훨 태우고 싶은
저 회오리 불꽃이여.

– 림(20240702)

6부

**

노랑노랑, 익은 그리움

추억의 불씨

하늘이 무너질 듯 겨울비 쏟아져
인적 드문 거리에 물빛 출렁이고
빗방울 소야곡에
시들은 마음 기대면
저문 기억들이 유령처럼 다가온다

창백한 낮달 같은
첫사랑
풋사랑
시작도 없이 엇갈린 이별

말없이 바라보던
그 눈빛을 그때는 어수룩해 읽지 못했노라고
빗살 머리채로
지워질 편지를 쓰고 또 쓴다

그 눈빛 닮은 노을꽃 피는
어느 쓸쓸한 저녁
따스한 불빛으로 켜지기를

겨울비는
늙지도 않는 추억의 불씨를
화르르르 지피고
돌꽃이 된
닿을 수 없는 인연의 고리
굵은 빗살에 걸어본다.

– 림(20240121)

저어기 눈발 나리는 소리에

해 넘어간 지 오래

머얼리 눈발 나리는 소리
그 발자국인 듯 설레어
그리움의 깃발 치어들면
한 때 붉디붉었던 내 순정은
갈기갈기 낡은 깃발

가까이 가지도
다가 오지도
아니하는
이 아련함이여
추억은 늘 등 뒤에서 부르지

저어기 눈발 나리는 소리

해 넘어간 지 오래 건 만
파릇이 출렁이는 낡은 깃발.

– 림(20210112)

세월 강가에서

갈대숲을 지나는 바람처럼
흘러가는 세월 강물
벌거숭이 시절이 까마득한 바다로 가고
연분홍빛 꿈은 물거품이 되었네

꽃이 피고 지고
낙엽 구르고 눈 내리는
세월 강 굽이굽이
연어처럼 용솟음쳐 보지만
거스를 수 없는
잔인한 강물이여

이순 굽이 세월 강은
그리움 쉽게 서린 늪
그 너머
물보라 이는 세월 강 하구에
다시금 물들 수 없는 빛깔
설렘의 쌍무지개 뜨고

어슴푸레한 기억에 기대어
철없이 벙글어지는
동백꽃 송이.

– 림(20230405)

흐린 봄날의 사색

밤새 울다 지친 하늘이
시름겨운 낯빛으로 눈 뜨는 아침

찌푸린 구름을 걷고
봄이 오는 산야에
푸짐한 햇살을 고루고루 펴주고 싶다

건넛집 할머니 하회탈 얼굴에
추워 웅크린 꽃망울에
서글픈 마음 벽에
솜털 같은 봄볕을 바르고 싶다

“엄마, 난 괜찮아요.”
봄빛 닮은 한마디
저 하늘로 쏘아 올리고 싶다

여우비 내린다
쨍쨍한 햇살로 도배되는 하루는
싱그러운 수채화 두루마리.

– 림(20240428)

바람이 분다

바람이 분다
유리창 너머 풍경이
저마다 펄럭이며 세월이 간다
나부끼는 은발이 늘어난 만큼
귀향길도 멀어져간다
유학 바람에 실려 와
아이들은 실뿌리가 굵어가지만
내 서러운 손바닥은
서툰 삽질에 옹이가 깊어진다
툭 하면 응급실에 누워있던
오랜 두통을 치료해 준
은인의 땅
무수리로 살아도
알약에서 놓여나니
천국의 나날인데
이맛살이 깊어지니
미련 없이 떠나온 고향이
옹이를 속속 담금질한다
바람이 분다
실핏줄에 들엉긴 저런 것들이
고향으로 가자고 역풍이 분다.

– 림(20190821)

추억의 나무에게

바람 부는 그곳
기찻길처럼 딱 그만큼 거리에서
절로 꽃 피고 낙엽 지던 나무여
봄 숨결 파릇한 날이면
마음이랑 그윽이 젖어 드는 건
움터 보지도 못한 탓일까나
기억 저편 뿌리 깊은 나무야
장대비처럼 달려가
꽃 한 송이 되고 싶었던
눈시울 붉은 추억이여
흐드러진 들꽃 아닌
이름 모를 풀이어도
아련히 부푸는 설렘 있어
나는야
이 처연한 봄이 좋아야.

– 림(20200229)

추억의 그림자

칼바람에 마음이 베여도
어금니 물어 아픔 삼키고
말 없는 바위보다
바람 소리 들려 좋은

추억 속 그림자 사람아

비 내리는 날이면
김 서린 유리창에 쓰고 지우던
보고 싶다는 말
흔적이 사라질까 아쉬워
유리창을 닦지도 못하는

돌아보면 더 그리운 사람아

네가 탄 기차가 떠나버린 간이역에서
다음 기차를 기다리기엔
밤이 너무 깊었다.

– 림(20120722)

그리움의 등을 켜니

초록빛 꿈을 그리던
젊은 날은
지문조차 닳아버린 기억

안갯속을 헤맬 때면
책갈피에 길이 있을 것 같아
눈동자에 별똥별이 흐를 때까지
헤르만 헤세를 탐미하고
빨간 줄을 그어가며 외우곤 했다

오롯이 앞만 보고 달릴 땐
하늘이
네모난 창문 크기만 했는데
그리움의 등을 켜니
창문이
가 없는 하늘만 하다

두고 온 날들의 이야기
나를 스쳐 간 것들이
돌아 달려올 때면
별똥별 해일이 몰아친다.

– 림(20130621)

양은 도시락의 추억

겨울이 오면
교실 조개탄 난로 위에
노란 도시락 탑이 쌓였지
양은 도시락 안에서
김치가 볶아지고
누룽지 냄새 코를 씰룩였어
난로 뒤에 앉은 친구는
수업 시간 내내
도시락 층 바꾸느라 수업은 건성이고
이 교시 끝나는 종 울리기 무섭게
속전속결 하는 전투가 벌어졌어
김치 콩자반 달걀부침이 단골이었지만
먹고 돌아서면 고픈 소녀들에겐
황제의 식탁이었지
이따금 소시지를 발견하면
화살 빗발치듯 젓가락이 노략질했지
소시지 주인은 한 조각도 맛 못 보았지
선생님 오신다는 신호에
입안에 밥 물고 냄새는 나 몰라라
시침 뚝 떼었어
묵묵히 수업을 시작하는 선생님은
아마도 비염을 앓았을 거야.

– 림(20150105)

누군가를 좋아한다는 것은

누군가를 좋아한다는 것은
아침 안개 걷힌 후 해가 빛나듯
눅눅한 마음밭이 보송보송해지는 것
우울한 일상에 풀 죽어 있다가도
생각나면 반짝반짝 생기가 도는 것

누군가를 좋아한다는 것은
끝없는 관심과 배려로 다가가는 것
보고 싶어 그 창가를 기웃거리고
그리워 먼 하늘 바라보다 구름이 되는 것
행여 소식 올까 편지함을 열어보고
반가운 이름에 즐거운 종달새가 되는 것

누군가를 좋아한다는 것은
비 오는 날 한 우산 속에 있고 싶은 것
두 마음이 한마음 되기를 바라는 것.

– 림(20110917)

7부

**

음표랑 숨표랑, 노래가 된 시

나 사는 동안

임현숙 시, 박혜정 곡

1. 지나온 길 돌아보니 감사한 일뿐입니다
   힘든 일 미혹의 안개 드리운 이 세상에서
   바른길 가며 살게 하시니 감사합니다
   시름으로 누운 자리 아침 햇살 찾아들면
   눈부심이 경이로워 눈물이 납니다
   오 내 주여 오 내 주여
   이 모든 것 주님의 선물 이 모든 것 주님의 은혜
   나 사는 동안 주만 섬기리라

2. 불평을 쏟아내며 더 큰 복을 빌었지요
   세상 욕심 바람이 불면 지고 말 꽃잎인 걸
   영원한 반석 주 말씀으로 만족합니다
   별빛처럼 은은히 주의 은혜 나누며
   손발이 닿은 곳 마다 사랑이 넘치네
   오 내 주여 오 내 주여
   이 모든 것 주님의 선물 이 모든 것 주님의 은혜
   나 사는 동안 주 닮게 하소서

나 사는 동안

임현숙 작사
박혜정 작곡
♩= 66
지나온 길 돌아보니 감사한 일 뿐입니다
불 · 평을 쫓아내며 더 큰 복을 받았지요
험 · 한 길 미혹의 안개 드리운 이 세상에서
세상 욕심 바람이 불면 지 · 고 말 꽃잎인걸
바른 길 가며 살게 하시니 감사합니다
영원한 반석 주 말씀으로 만족합니다
시름으로 누운 자리 아 · 침햇살 찾아들면
별빛처럼 은 · 은히 주 · 의 은혜 나 · 누며
눈부심이 경이로워- 눈물이 납니다
손 발이 · 닿은 곳마다 사랑이 넘치네
rit
Tempo 1
오 내 주여 오 내 주여
오 내 주여 오 내 주여
이 모든 것 주님의 선물 이 모든 것 주님의 은혜
이 모든 것 주님의 선물 이 모든 것 주님의 은혜
나 사는 동안 주만 섬기리라
나 사는 동안 주 닮게 하 · 소서

우리 사랑 전설이 되기를

임현숙 시, 김경래 곡

날 바라보는 그윽한 눈빛
행복으로 차 오르면
두근 두근 설레는 내맘 들리니
사랑하는 네가 있어 감사
서툰 고백의 노래도
날 하늘로 날게 해

그 많은 만남과 이별
널 만나기 위한 연습이었네
마치 향기론 커피 내리려
잘 볶아진 커피를 갈 듯이

그 많은 만남과 이별
널 만나기 위한 연습이었네
우리 사랑 이대로 영원히
대대로 전설이 되기를 원하네

*딸의 사랑을 지켜보며

우리 사랑 전설이 되기를

임현숙 (시), 김경래 (곡)

아름다운 글벗

임현숙 시, 김경래 곡

1. 오랜만에 글 벗끼리 한 시름 내려놓고
   형 아우 오손도손 격 없이 지내보면
   화사한 꽃 피어나고 詩가 되는 사람아

-후렴
   매무새 다 다르고 생각도 다르지만
   모난 곳 어루만져 온화한 자리 되니
   아픔이 다 사라지고 노고지리 우짖네

2. 가시 풀 헤쳐가며 글 밭에 꿈을 심는
   우리는 빛 고운 별 마음의 길라잡이
   돈독한 인연의 자락 한결같이 보듬자.

*한국문협 밴쿠버지부 노래

아름다운 글벗

임현숙 작사
김경래 작곡
오 랜 만 에 글 벗 끼 리 한 시 름 내 려 놓 고
가 - 시 풀 헤 쳐 가 며 글 밭 에 꿈 을 심 는
형 아 우 오 손 도 손 격 없 이
우 리 는 빛 고 운 별 마 음 의
격 없 이 지 내 보 면 화 사 한 꽃 피 어 나 고
마 음 의 길 라 잡 이 돈 독 한 인 연 의 자 락
시 가 되 는 사 람 아
한 결 같 이 보 듬 자
매 무 새 다 다 르 고 생 각 도 다 르 지 만 모 난 곳 어 루 만 져
온 화 한 자 리 되 니 아 픔 이 다 사 라 지 고
노 고 지 리 우 짖 네
100

가을날

임현숙 시, 최구민 곡

하늘빛 깊어져
가로수 이파리 물들어가면
심연에 묻힌 것들이
명치끝에서 치오른다
단풍빛 눈빛이며
뒤돌아 선 가랑잎 사람
말씨 곱던 그녀랑
두레박으로 퍼올리고 싶다
다시 만난다면
봄날처럼 웃을 수 있을까
가을은 촉수를 흔들며 사냥감을 찾고
나무 빛깔에 스며들며
덜컥 가을의 포로가 되고 만다
냄비에선 김치찌개가 보글거리고
달님도 창문 안을 기웃거리는데.

가을날
시. 임현숙(나목) 곡. 최구민(GU)
♩= 86
(Intro)
Bm9 A/C#
하 늘 빛
깊 어져— 가로 수 이파 리 물 들어 가 — 면 —
십연 에
묻 힌것 들 이— 명 치끝 에 서 치오 른 다 —
단 풍
빛 눈빛 이 며— 뒤 돌아 선 가 랑잎 사 — 람 —
말 씨
곱 던그 녀 와— 두 레박 으 로 퍼올 리 고 — 심 다 —
E7
다 시 만
AM7 Em7 A9 DM7 Dm7 G9
난 다면 봄날 처 럼웃 을 수 있 을 까 — 가을 은 촉 수 를 흔 들며 사
C#m7 F#m7 Bm7 E
냥 감을 찾 고— 나무 빛 깔 에 — — 스 며 들 며
— 덜 컥 가 을의— 포로 가 되고 만 다 — 냄

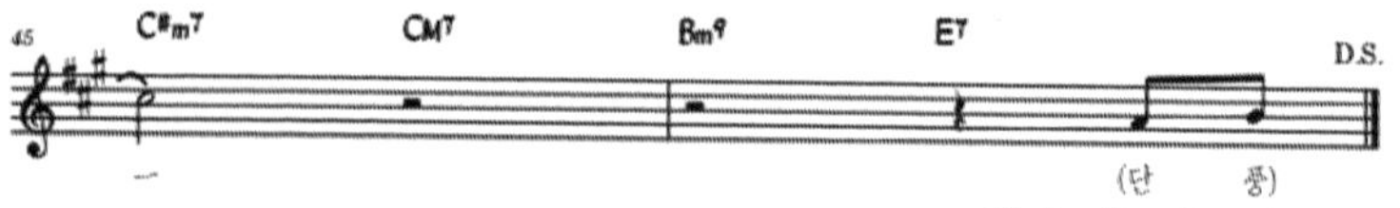

*Ending Chant Repeat Fade Out

＊ 축하글 ＊

<글을 써야 사는 여자>를 만나다

시인 강숙려
(사)한국문협 회원

'글을 써야 사는 여자', 그녀를 마음으로 동무 삼아 온 시간만큼 아름다운 꽃도 향기를 낼 만하다. 언제나 차분하고 자기 일에 빈틈이 없는 그녀를 나는 사랑한다.

아직도 마음은 신록의 숲이고 한 아름 꽃다지를 따서 안고 싶은 갈래머리 소녀인 그녀를 만난다. 시간은 강물처럼 유유히 흘러 귀밑에 찬 서리가 흘러내리는 이순의 언덕에 올라, 그녀는 못다 이룬 꿈 들에 소리 지르고 있다. 목놓아 소리 지르고 있다.

가장 슬프고 잔인한 말로 언제나 칼을 들고 뛰쳐나가려 준비 중이지만, 빗장을 지르며 살아가는 그녀다. 낙엽이 스스로 지는 것은, 나무에 새 옷을 입히기 위함이라고 말하며 자신을 다독거린다. 산다는 것은, 영롱한 내일을 그리며 오늘 하룻길을 부지런히 가는 것이라고 스스로 위안을 한다. 그래서 최선으로 어머니의 걸어오신 길을 더듬으며 나의 길에 그리움의 꽃을 던지며 간다. 살아가는 것은 꿈을 이루려 서두는 길이지만 운명의 여신은 그 길을 감추어 두고 좀처럼 열어주질 않는다. 그러나 분명히 그 빗장은 열릴 것이기에 우리는 희망이란 닻을 그냥 내릴 수는 없는 것이다.

바라는 봄이 비록 오지 않는다고 하더라도 해쓱한 볼이 터지라 웃으며 달려가겠다는 그녀, 그녀의 봄이 어서 오길 우리는 함께 기다릴 것이다.

그녀는 '조금만…' 이라는 깊고 긴말에 귀를 기울이며 오늘도 마음의 불을 지피며 하루를 연다. 우리가 모두 그러하듯이. 임 시인이 가을을 많이 주제로 삼은 것은 인생의 맛을 많이 음미하였고, 그래서 자연의 결실과 인생의 낙조가 하나라는 것을 불러들이고 있다 여긴다.

사는 일은 참 만만치가 않다. 인생의 길은 굽이굽이라고 했든가?

행복도 불행도 삶의 여정에서는 동반자다. 맑은 날 어두운 날도 우리의 동반자다.

그것이 우리가 살아있다는 증거라 여긴다. 태어났으니 죽음 또한 거부 못할 우리의 일생이듯이. 시인은 그것을 엮으며 노래하며 시를 탄생시키고, 독자들은 그것을 읽으며 공감하며 자기 것으로 받아들여 읊조리며 인생을 간다.

한 여인의 삶이 시에 담기는 시간을 같이하게 되어 기쁘다. 임 시인의 '조금만…' 의 시간이 이루어지는 날이 어서 오길 기도하며 〈글을 써야 사는 여자〉라는 타이틀에서 잠시 나는 숨을 모으며 그녀가 되어 눈을 감아 본다. 임 시인이 시인이 되어야 하는 이유인 것 같다. 삶의 한이 숨어 굽이굽이 펼쳐있는 그 아름다움의 순간순간을 임 시인과 함께 나누며 첫 시집 발간을 축하한다.

⁑ 축하글 ⁑

<시인의 인생 여정을 들여다보며>

시인 김석봉

(사)한국문협 캐나다 밴쿠버지부 회원 · (사)한국문협 회원

〈글을 써야 사는 여자〉의 원고를 받고 한걸음에 완독할 수가 없었다.

그 이유는 첫째, 삶의 진액이 녹아 나온 글을 어설프게 읽을 수 없었고

두 번째는 시집 전체가 인생의 과정을 담고 있어서 함께 성숙하는 시간이 필요했던 것 같다.

모든 글을 읽고 나니 숙연한 마음에 필자의 전 인생이 파노라마처럼 그려졌다.

삶을 알기 시작하는 유년기에서부터 사춘기 그리고 청년기, 어머니의 삶, 자식의 정, 성숙과 원숙과 후회를 반복하는 우리들 인생이 너무도 짠하게 가슴에 달라붙어서 마치 함께 산 사람의 이야기같이 웃음과 연민과 용기와 성장 그리고 원숙을 넘어 신에 귀의하는 과정이 너무

도 자연스레 펼쳐지고 공감이 갔다. 그녀의 글에서 많은 것을 배웠다. 단순한 시집이 아니라 한 여인의 일생이 옆으로 길게 붙여놓은 그림같이 끊임없는 감동을 불러 주었다.

시집 도입 부분에 자신의 삶에 대해 푸념 같은 구절이 많은 것 같은 생각도 들었지만, 후반부의 반전 위하여는 꼭 필요한 부분이라고 생각한다.

시집 그 자체가 진솔한 삶의 전개이기에 어디를 생략하면 그다음 과정이 이해되기 어려울 것이다.

필자가 왜 글을 쓰며 살아야 하는지 상세한 구도가 담담한 생활 필체로 잘 표현되어있으며 솔직하고 신선하고 정이 담긴 글들이다.

앞으로 펼쳐질 큰 그림의 구도가 희미하나마 제 의식을 더욱 선명히 하는 듯하다.

문학이 이렇게 한 사람의 삶과 필수적인 관계를 형성한다는 것이 매우 감동적이다. 마지막으로 이런 글의 산을 쌓아나간 노고를 치하 드리고 동시에 시집 발간을 축하합니다.